www.ingramcontent.com/pod-product-compliance
Lightning Source LLC
LaVergne TN
LVHW050831051026
849532LV00008B/3215
* 9 7 8 9 3 6 9 0 8 6 4 7 4 *

بکواس

(بچوں کی کہانیاں)

مائل خیر آبادی

Bakwaas *(Short Stories)*
by: Mayal Khairabadi
Edition: September '2025
Publisher :
Taemeer Publications LLC (Michigan, USA / Hyderabad, India)

ISBN 978-93-6908-647-4
9 789369 086474

کتاب	:	**بکواس** (بچوں کی کہانیاں)
مصنف	:	**مائل خیر آبادی**
صنف	:	ادب اطفال
ناشر	:	تعمیر پبلی کیشنز (حیدرآباد، انڈیا)
سالِ اشاعت	:	۲۰۲۵ء
صفحات	:	۲۸
سرورق ڈیزائن	:	تعمیر ویب ڈیزائن

فہرست

بکواس

"امّی جان! امّی جان!!"

"کیا ہے، کیوں امّی جان کی رٹ لگا رکھی ہے؟"

"امّی جان! تم مجھ سے روز سبق یاد کرنے کو کہتی ہو نا!"

"ہاں تو پھر؟"

"آج میں خوب رٹ لوں گا سبق۔"

"بڑی خوشی کی بات ہے۔"

"امّی جان! جب تم خوش ہوتی ہو تو، تو کیا کہتے ہیں وہ...."

"کیا کہتے ہیں؟"

"وہی بات امّی جان!"

"کیا وہی؟"

"اچھا کچھ نہیں۔ سبق سناؤں امّی جان!"

"ہاں سناؤ۔"

"اگر سبق یاد ہوا تو....؟ امی جان سبق یاد ہونے پر کیا دیتی ہو مجھے؟"

"انعام۔"

"ہاں امی جان! انعام۔ اچھا کیا دوگی انعام میں؟"

"جو تم کہو۔"

"یعنی منہ مانگا انعام!"

"ہاں منہ مانگا انعام۔"

"اچھا تو امی جان! میں تمھارا کچھ خرچ نہ کراؤں گا۔ یہ جو پڑوسن نے لڈّو بھیجے ہیں، بس اس میں سے اس وقت ایک کھلا دو۔ کیسی اچھی امّی ہیں آپ!"

"ارے آپ اور تم کے بچّے، سارا دن مٹھائی مٹھائی۔ کہہ دیا جب صفو اسکول سے آجائے گی تب بانٹوں گی۔"

"آپ کو یاد رہے گا۔"

"یاد کیوں نہ رہے گا۔"

"میں نے کہا شاید بھول جاؤ۔"

"میں بھول جاؤں گی؟"

"اچھا امّی جان! آپ کو یاد تو رہے گا ہی مگر بھول جاؤ گی تو میں یاد دلا دوں گا۔"

"اچھا یاد دلا دینا۔ مگر اس وقت خدا کے لیے میرا بھیجا مت کھا۔"

"بھیجا! نہیں امّی جان، بھیجا میں ہرگز نہ کھاؤں گا اچھا تو پھر سبق سناتا ہوں۔"

"ہاں سناؤ۔"

"مگر انعام تو دیا نہیں۔"

"سنانے سے پہلے انعام!"

"ہاں ٹھیک کہا آپ نے۔"

"اور کیا غلط ہے۔ سنایا تو ایک حرف نہیں، باتیں ہزار بنا گیا۔

"اچھا تو سنیے سبق۔"

"ہاں سناؤ۔"

"اللہ نے ہمیں پیدا کیا........ (امّی جان! روزی کی جگہ لڈّو پڑھ دوں؟")

"کیا مطلب؟"

"یعنی اللہ نے ہمیں پیدا کیا۔ کتاب میں ہے کہ اللہ نے ہمیں روزی دی۔ اس کی جگہ مجھے تو یہ اچھا لگتا ہے کہ اللہ نے ہمیں لڈّو دیے۔"

"ارے تو مذاق کرتا ہے کہ سبق پڑھتا ہے؟"

"سبق پڑھتا ہوں۔ نہیں امّی! سناتا ہوں۔ دیکھیے اگر یاد ہوگا تو۔"

"تو، ہاں ہاں سنا تو اللہ اللہ کر کے۔"

"تو یہ کہ آپ کو یاد ہے؟"

"کیا؟"

"وہ جو انعام دینے کو کہا ہے نا! کیا کہا ہے آپ نے انعام دینے کو؟"

"اللہ کے بندے! میری جان نہ کھا۔ جی چاہے سنا جی چاہے نہ سنا۔"

"نہیں امی سناتا ہوں۔ یہ بتائیے امی جان کھانا اور

بھیجا کھانا میں کیا فرق ہے؟"

"توبہ ہے میری۔ کیسا جنجالی لڑکا ہے۔"

"لیکن امی جان! آپ بڑی اچھی ہیں۔"

"اچھی ہوں تیری بلا سے۔"

"میری بلا سے۔ اچھا میری بلا سے آپ لڈو دیں یا نہ دیں۔ سبق سنیے: اللہ نے ہمیں پیدا کیا، ہمیں روزی دی اللہ ہی ہماری ساری ضرورتوں کو پورا کرنے والا ہے۔ ہم اللہ ہی سے دعا کرتے ہیں۔"

"شاباش! یاد تو ہے مگر کچھ سمجھا بھی؟

"ہاں امی! بتاؤں دعا کیسے مانگی جاتی ہے؟"

"بتائیے حضرت!"

"جیسے میں کہوں" اے اللہ! میری امی کو توفیق دے کہ وہ مجھے انعام میں لڈو دیں۔"

"توبہ، توبے لڈو لیے نہ مانے گا۔ اچھا لے۔"

"اہا بڑا مزے دار ہے۔ کیسی اچھی ہیں آپ۔"

"اچھا جب آپا کو دوں گی تو پھر تو نہ مانگے گا۔"

"امی جان یہ لڈو تو انعام میں رہا۔ اب حصہ

لوں گا۔"

"اُف فوہ رے سیانے
اسی لیے بیٹھا تھا سبق سُنانے۔
(قہقہہ)

بے پَر کی

ہمارے اجتماع میں سب سے زیادہ مزے دار عنوان ہوتا ہے "میں نے دیکھا" ہم ہفتہ بھر میں جو اچھی، مزے دار اور نصیحت والی بات دیکھتے ہیں اسے لکھ لیتے ہیں، ہفتہ ختم ہونے پر ان لکھی ہوئی باتوں میں سب سے مزے دار اور اچھی بات چھانٹ لیتے ہیں۔ وہی اجتماع میں زبانی سُناتے ہیں۔

اس اجتماع میں سب سے زیادہ اعتراض اکبر کی باتوں پر ہوتا۔ وہ سناتا بھی تو عجیب بے پر کی ہے۔ ایک آسمان کی، دوسری زمین کی۔ اس کی ایک بات کا دوسری سے کوئی جوڑ ہی نہیں ہوتا۔ آج وہ اپنی بات سنانے چلا تو ہم سب نے دل میں طے کر لیا کہ اگر آج بھی اس نے بے تکی باتیں چھیڑیں تو شروع سے ہی اعتراضوں کی بوچھار کر دیں گے۔

تو جب اس نے کہا

"آج میں نے دیکھا کہ آسمان بالکل صاف تھا اور موسلا دھار پانی برس رہا تھا۔"

اکبر نے اتنا ہی کہا تھا کہ حامد بول اٹھا "بالکل جھوٹ، آج پانی برسا ہی نہیں۔"

سعید نے کہا "اور یہ کیسی انہونی بات ہے کہ آسمان صاف، بادل کا کہیں پتہ نہیں اور موسلا دھار پانی برس رہا تھا۔" ہم سب ہنسنے لگے۔

ہم کو شروع ہی سے اعتراض کرتے اور ہنستے دیکھ کر اکبر بولا "بھائی! آپ سب نے تو آج شروع ہی سے زبان پکڑ لی۔ سنیے تو میں یہاں کی بات نہیں کہتا۔ میں اس وقت ایک پہاڑ پر تھا، وہیں کی بات ہے۔"

"یہ بھی بالکل غلط ہے۔" صادق نے اکبر سے کہا "آج تم دن بھر میرے ساتھ رہے، دوپہر کو گھنٹہ ڈیڑھ گھنٹہ کے لیے اپنے گھر چلے گئے تھے۔"

"دوپہر ہی کی تو بات ہے۔" اکبر نے جواب دیا۔

"ارے تو یہاں پہاڑ کہاں؟" اب شوکت نے پوچھا۔

"پہاڑ تو یہاں سے سیکڑوں میل دور ہے۔" خالد نے کہا۔

"اور پھر جناب دوپہر کو پہاڑ پر تھے اور اس وقت یہاں آ گئے۔" لطیف مسکراتے ہوئے بولا۔

"اس جھوٹ کی کوئی انتہا بھی ہے۔" میں نے آہستہ سے کہا۔

اس طرح ہم سب ایک ایک کرکے بولنے لگے۔ اکبر چُپ ہو گیا۔ جب ہم خاموش ہوئے تو اس نے پھر کہنا شروع کیا۔

"بھائیو! اس طرح اگر آپ تابڑ توڑ اعتراض کریں گے تو میں جو کچھ کہنا چاہتا ہوں وہ بھی بھول جاؤں گا۔ میں یہ یقین سے کہتا ہوں کہ میں بالکل سچ کہہ رہا ہوں۔"

اس کے یہ کہنے پر ہم سب نے ایک دوسرے کو دیکھا اور پھر اس کی طرف دیکھنے لگے۔ وہ کہہ رہا تھا۔

"میں پہاڑ سے اُترا، اپنے گھر کی طرف چلا۔ تھوڑی ہی دور چلا تھا کہ موسلا دھار پانی برسنے لگا۔ میں بہت پریشان ہوا کہ گھر تک کیسے پہنچوں گا۔ دھوپ اتنی تیز اور گرمی اتنی زیادہ تھی کہ میں پسینے پسینے ہوا جا رہا تھا۔"

"ارے پھر وہی اَنہونی بات۔" صادق نے پھر ٹوکا "موسلا دھار بارش، تیز دھوپ اور سخت گرمی۔ جناب آپ

پسینے میں شرابور ہو رہے تھے، یا پانی میں بھیگ کر شرابور ہو گئے تھے۔ آپ کی ان باتوں میں کوئی جوڑ بھی ہے؟"

اکبر نے صادق کی بات سُنی اَن سُنی کر دی، وہ کہتا رہا "جیسے ہی میں اپنے شہر کے قریب آیا تو دیکھا کہ شہر کی طرف سے پانی کا ایک تیز دھارا میری طرف آ رہا ہے اور چاروں طرف جل تھل ہے۔"

"ارے اکبر بھائی! آپ تو کہتے تھے پہاڑ کی بات، اب یہاں کا حال کہنے لگے۔ آپ ہوش میں ہیں کہ نہیں۔"

یہ اعتراض میں نے کیا۔ اس نے کہا "بالکل ہوش میں ہوں۔ مجھے اچھی طرح یاد ہے کہ میں نے یہی دیکھا۔ آپ جس طرح تعجب کر رہے ہیں، اسی طرح مجھے بھی تعجب تھا کہ ابھی میں کہاں تھا اور ابھی کہاں آگیا۔ اچھا تو تیز دھارے کو دیکھ کر میں نے سوچا کہ اب کیا کروں؟ اتنے میں مجھے اقبال مرحوم کے شعر کا وہ مصرع یاد آگیا جو پرسوں اسکول میں پڑھا گیا تھا ؎

بحرِ ظلمات میں دوڑا دیے گھوڑے ہم نے

یہ مصرع پڑھ کر میں نے خیال کیا کہ آخر میں بھی تو

مسلمان ہوں، آگے قدم بڑھا کر پیچھے ہٹنا میری بہادری کے خلاف ہے۔"

جب اکبر نے بہادری کا نام لیا تو ہم سب یک دم ہنس پڑے۔ ہمیں اچھی طرح معلوم ہے کہ اکبر بڑا بزدل اور ڈرپوک ہے۔ رات کو چوہیا چوں کرتی ہے تو اکبر ڈر کے مارے لحاف میں دبک جاتا ہے۔ لیکن خیر ہم چپ رہے اور سوچنے لگے، دیکھیں اب کیا زمین آسمان کے قلابے ملاتا ہے، اکبر کہے جا رہا تھا:۔

"اچھا بھائی! میں یہ سوچ ہی رہا تھا کہ ایک شخص کسی طرف سے آیا اور اس نے مٹھائی کا دونا، ایک جلتا چراغ اور کپڑے کی ایک پٹی دھارے کی طرف پھینکی اور واپس جانے لگا۔ میں سمجھ گیا کہ اس نے ایک طرح کا ٹونا ٹوٹکا کیا۔ میں نے پکار کر اس سے کہا:۔

"ارے تو پانی کے اس دھارے سے ڈر کر یہ کیا وہم میں پڑا ہے اور ٹونا ٹوٹکا کر کے اپنا ایمان خراب کر رہا ہے۔ یہ پانی تو اللہ کے حکم سے برستا ہے اور یہ دھارا اسی کے حکم سے جاری ہے۔ اسی اللہ سے دُعا کر، وہی ہم سب

کی حفاظت کرنے والا ہے۔

اس شخص نے جانے سُنا یا نہیں سُنا۔ وہ تو اپنی راہ لگا۔ میں الّا اللہ کہہ کر پانی میں کودا اور تیرنے لگا میں نے چاہا کہ دھارے کو کاٹ کر نکل جاؤں لیکن اس کی تیزی اتنی زیادہ تھی کہ میں سنبھل نہ سکا، اُلٹ گیا اور دھارا مجھے بہالے چلا۔ لیکن میں گھبرایا نہیں، میں نے خدا کو یاد کیا اور دُعا مانگی۔ جلّ تو جلال تو آئی بلا کو ٹال تو۔ تیرا حکم ہو جائے تو یہ پانی آن کی آن میں ہوا ہو جائے۔ میں یہ دعا مانگ ہی رہا تھا اور دھارے کے ساتھ نہ جانے کتنی اتھاہ گہرائی میں جا چکا تھا کہ ـــــ"

"اور جناب اپنے ہوش میں بھی تھے؟" میں نے مسکراکر پوچھا۔

"اور یہ تو بتائیے کہ آپ پانی تو نہیں پی گئے تھے؟" شکور نے سوال کیا۔

"اجی بالکل بے پَر کی اڑا رہا ہے اور ہمارے اجتماع کا وقت خراب کر رہا ہے، ایسے پانی میں بڑے

بڑے تو ہپ ہپ کرنے لگتے ہیں اور پھر یہ حضرت ہوش میں رہے، آندھی کے منہ کا تنکا تو ہیں ــ دھان پان۔" حیدر جھٹ جھٹ کئی جملے کہہ گیا۔ مگر اکبر نے کچھ خیال ہی نہ کیا۔ وہ اپنی کہے گیا:۔

"بھائی! جتنی بڑی مصیبت ہوتی ہے، اُتنا ہی زیادہ خدا یاد آتا ہے۔ میں دل ہی دل میں دُعا مانگ رہا تھا کہ استنے میں کوئی چیز میرے تلوؤں سے لگی۔ پھر اس نے مجھ کو اپنی پیٹھ پر بٹھالیا اور اوپر کی طرف اُبھرنے لگا۔ میں نے دیکھا، وہ ایک ہاتھی تھا۔"

"ایں ہاتھی ــ!" ہم سب کی زبان سے نکلا۔

"ارے بھائی! ہاتھی وہاں کہاں سے آگیا؟"

اکبر نے ہماری اس بات پر بھی دھیان نہیں دیا۔ وہ اپنی برابر اُڑاتا رہا۔

"لمحہ بھر میں میں پانی کے باہر تھا اور ہاتھی پر بیٹھا گھر کی طرف جا رہا تھا۔ راستے میں چچا میاں ملے۔ انھوں نے کہا۔" ارے اکبر! پیدل کہاں بھاگے

جا رہے ہو؟" سُنو تو، ارے سُنو تو!"

"توبہ!" لطیف نے کہا "توبہ، اکبر بھائی! آج کوئی جھوٹ باقی بھی رہ جائے گا۔ ابھی تو آپ ہاتھی پر تھے، ابھی پیدل بھاگنے کی بات کہہ رہے ہیں۔ ارے بھائی! بات نبھانا بھی تم کو نہیں آتی۔"

لطیف کی اِس بات پر میں نے کہا۔ "جھوٹ بولنے والے کا حافظہ بڑا خراب ہوتا ہے۔" اکبر میرا یہ اعتراض سُن کر خفا ہو گیا۔ بولا "تو اس کا مطلب یہ ہے کہ میں جھوٹ بول رہا ہوں۔"

ہم سب نے اکبر کو خفا ہوتے دیکھا تو ہنسنے لگے اور کہا "اچھا اپنی بات پوری کر لیجیے آپ، پھر ہم پول کھولیں گے۔ فرمائیے پھر کیا ہوا؟"

"پھر کیا ہوا؟ پھر میری آنکھ کھل گئی۔" اکبر نے جواب دیا اور ہم سب "ارے" کر کے رہ گئے اور کہا "تو یہ کہیے، یہ سب آپ نے خواب میں دیکھا تھا!"

"اور کیا، خواب ہی میں تو دیکھا۔ جاگتے میں ایسا کب ہوتا ہے۔" اکبر نے جواب دیا اور بیٹھ گیا۔

مجھے اکبر کے اس خواب کے بارے میں بھی شبہ تھا۔ میرا خیال تھا کہ اس پر جو اعتراض ہوتے رہے ہیں تو اب اس نے خواب کی آڑ لی ہے۔ میں نے اس سے کہا "اکبر! تم کو یہ معلوم ہے کہ پیارے رسول صلی اللہ علیہ وسلم نے جھوٹا خواب گڑھنے کو بھی بہت بُرا بتایا ہے۔"

اکبر نے میری بات سنی تو کہا "یقین کرو، میں نے بالکل سچا خواب سُنایا ہے۔ ہاں، اتنا تو ضرور ہے کہ کچھ نمک مرچ لگا دیا ہے۔"

صلح کے فرشتے

"دیکھو تو، چُنّو بھیّا"

"اسے تیا بات ہے"

"امّی جان نے مجھے ایک بات بتائی۔"

"تیا بات بتائی!"

"کہا کہ لڑنا بُری بات ہے"

"بہت بلی بات۔"

"ہاں لڑنے والے سے اللہ میاں ناراض ہو جاتے ہیں۔"

"اے سے لی توبہ!"

"توبہ چھنّو بھیّا! تم مجھ سے لڑو گے تو نہیں؟"

"منّو بائی! من آپ سے کبی نہ للوں گا۔"

"اچھا تو آؤ کھیلیں۔"

منّو چنّو اس بات چیت کے بعد کھیلنے لگے۔ منّو چھ برس کا تھا اور چنّو چار برس کا۔ دونوں چچازاد بھائی تھے اور ایک ہی مکان کے دو حصّوں میں الگ الگ رہتے تھے۔ منّو اپنے ماں باپ کے ساتھ اور چنّو اپنے ماں باپ کے ساتھ۔

منّو چنّو میں تو بڑا میل تھا مگر ان کے باپ آپس میں لڑا جھگڑا کرتے تھے اور جھگڑا تھا بیٹھک کا۔ مکان تو دونوں نے برابر برابر بانٹ لیا تھا لیکن بیٹھک بانٹی نہیں گئی تھی۔ جس کو ضرورت ہوتی کام میں لاتا۔ بس اسی میں کبھی کبھی جھڑپ ہو جاتی تھی۔ آج تو نہ جانے دونوں بھائیوں پر کیسا بھوت سوار ہو گیا کہ پہلے تو دونوں چیخ چیخ کر لڑے پھر ان میں ہاتھا پائی ہونے لگی۔

ٹھیک اس وقت جب منّو چنّو کے باپ آپس میں گتھم گتھا تھے چنو کی گیند بیٹھک میں آ گری اور گیند کے پیچھے ہی چنّو پہنچا۔ اس نے

اپنے باپ اور چچا کو لڑتے دیکھا تو پکارا:۔

"اے منّو بائی! دیتو تو لالائی"۔

منو دوڑتا ہوا آیا اور لڑائی دیکھنے لگا۔ چنّو نے کہا:۔

"امّی نے تیا تھا نا! للنا بُلی بات۔ اللہ میاں نالاج ہوتے ہیں"۔

"ہاں چنّو بھیّا! امّی نے تو یہی کہا تھا"۔

اس کے بعد دونوں زور زور سے اپنی اپنی ماں کو پکارنے لگے۔

"امی جان دوڑو، ابا جان اور چچا میاں لڑ رہے ہیں۔ اللہ میاں کو ناراض کر رہے ہیں"۔

دونوں بھائیوں نے بچوں کی بھولی بھالی باتیں سُنیں تو ایک دوسرے کو چھوڑ کر الگ کھڑے ہو گئے۔ بچوں کو دیکھنے لگے ــــ ان کی بیویاں بھی بیٹھک میں آگئیں۔ انھوں نے دونوں سے کہا۔

"روز جھگڑتے رہتے ہو۔ ان بچوں سے بھی گئے گزرے ہوئے ہو"۔

دونوں بھائیوں کو بڑی شرم آئی۔ دونوں نے اپنے اپنے بچوں کو گود میں لے لیا اور پیار کرنے لگے اور کہنے لگے:۔

"اللہ نے چاہا تو اب ہم نہ لڑیں گے۔ اس کے بعد دونوں بھائیوں نے میل کرلیا۔ اور میل جول سے رہنے لگے۔

مُفلِس کی کہانی

ایک تھا مفلس۔ مفلس غریب آدمی کو کہتے ہیں۔ اس غریب آدمی کے یہاں چار نوکر اور دو نوکرانیاں تھیں۔ اس کے پاس ایک موٹر تھی۔ وہ غریب آدمی ایک محل میں رہتا تھا۔ غریب آدمی کے بیٹھنے لیٹنے کے لیے ایک درجن کرسیاں اور چھ پلنگ تھے۔ لیکن وہ آدمی غریبی کی وجہ سے ایک مسہری پر سوتا تھا۔

وہ آدمی اتنا غریب تھا کہ بے چارہ صبح ناشتے میں چھ انڈے ہی کھاتا اور دوپہر کو اس کے سامنے صرف ایک ہی مرغ کا گوشت رہتا۔ اس غریب آدمی کے پاس کپڑے بھی کم تھے۔ وہ بے چارہ ہر روز دوبار کپڑے بدل پاتا تھا۔

وہ غریب آدمی ہوتے ہوئے بھی بڑا نیک تھا۔ وہ اپنی غریبی پر بھی اللہ کا شکر ادا کرتا تھا۔ کبھی اس نے کسی کے سامنے اپنی غریبی کا رونا نہیں رویا۔

بدلہ

بدھو ایک اونچی جگہ پر کھڑا تھا۔ اس کے ایک ہاتھ میں روٹی کا ٹکڑا تھا۔ اور دوسرے ہاتھ میں بید تھا۔ بدھو کسی کتے کو دیکھتا تو روٹی دکھا کر بلاتا۔ کتا جب پاس آتا تو زور سے بید رسید کرتا کتا بے چارہ پیں پیں کرکے بھاگ جاتا۔

بدھو نے اس طرح چھ کتوں کو بید مارا۔ جب وہ بید مارتا تو خوش بھی بہت ہوتا۔ دیر تک ہنستا۔ میں نے یہ دیکھا تو مجھے بڑا برا لگا۔

اب سنیے۔ ایک طرف سے ایک آدمی ٹہلتا آرہا تھا۔ اس کے ایک ہاتھ میں بھی بید تھا۔ دوسرے ہاتھ میں ایک بڑا سا انار تھا۔ وہ آدمی بدھوا

کے سامنے سڑک پر آکر رُک گیا۔ انار دکھا کر بدھوا کو پاس بلایا۔ جس ہاتھ میں انار تھا وہ اس کی طرف بڑھایا۔ بدھوا یہ سمجھا کہ یہ آدمی انار دے رہا ہے۔ لالچ میں اس نے اپنا ہاتھ آدمی کی طرف بڑھایا کہ انار لے لے۔ اس آدمی نے بدھوا کے بڑھے ہوئے ہاتھ پر اس زور سے بید مارا کہ بدھوا چیخ مار کر تڑپنے لگا۔ میں نے دل میں کہا "ہاتھ کے ہاتھ بدلہ اسی کو کہتے ہیں۔"

منتخب دلچسپ کہانیوں کا ایک اور مجموعہ

آخری چوری

مصنف : غلام حیدر

بین الاقوامی ایڈیشن جلد منظر عام پر آرہا ہے